NO DARLIN NO LIFE

NO DARLIN NO LIFE

忘れたくて　忘れられなくて
あなた想い　今ここに

どんな言葉もいらないよ　今は
NO DARLIN NO LIFE

それでもまたいつか
恋に落ちた時

あなた以外の人に
好きだなんて言うの　変だよ　今は
NO DARLIN NO LIFE

Ainy、

NO DARLIN NO LIFE

NO DARLIN NO LIFE

文芸社

NO DARLIN NO LIFE

一番星

早く速く運命の人に逢わせて下さい
それでも二人が出逢う日は
決まっていたから

「まだ出逢っちゃいけないんだよ」って
二人してわかってたのに

あと10cm、あと10センチ、
遠かった・・・

大きな大きな空の中
ただひたすら輝いていて
空を見上げた時
一番に見つけてもらえて
その一生懸命な輝きが
見つけたことの小さな喜びを
あげることができる

やっとまわってきた運命の
巡り合わせをこれからも
ずっとずっと、ずっとずっと
信じて・・・

一番星になりたい

昼下がり、私は突然　君が愛しくなった
逢いたい　逢いたいと
強くテレパシーを空に放ったら
世界で一番君が好きだと　聞こえた気がしたよ。

かかと３回鳴らして

君のとなりにワープできたらって

<u>ワープ</u>

　　　　　ワープしたと思ってました。
　　　目が覚めたら「明日」だったから。
　　「昨日」スキと言って眠りたかったのに。

9：29

時計を見たら
あなたの誕生日だった
それだけで私は幸せになれちゃうんだなあ
一年に一度の大切な日が
一日に二回もドキドキをくれる
HAPPY BIRTHDAY ダーリン
あたしは　一日二回　あなたに　うたをうたうよ
HAPPY BIRTHDAY ダーリン
世界で一番ステキな日だよ。神様にね、ありがとう。

時計をみつめてあなたを　待ってるあたし
まだかな？まだかな？って
あなたのこと想う

お利口で待ってる
だから早く速く　帰ってきて
大スキな　MY　DARLIN

おそーじ　せんたく
あなたのためにがんばる
なんだか　最近　手抜きになってる

だけど今でもスキよ
大スキだから　少し大目にみて
大スキよ　MY　DARIN

かまってほしくて　とうとう
ゲームにやきもち
あなたは笑うけど
本気で　泣きそだよ

うっかりしてても　おちゃめと笑って
いっぱいスネても　おこらずに手をとって
大スキな　MY　DARLIN

こんなにも2人の距離は近いのに
あたしは時々　淋しくなります。
本当に淋しい時は
もうそれ以上傷付きたくないから
怖いから　淋しいのひと言が届かないね

こんなにもあなたのことがスキなのに
あたしは時々　ツラクなります。
本当にツライ時は
息もできないくらい胸が詰まっちゃって
言葉出ずに　会いたいのひと言が届かないね

あなたと出逢ってから
こんなに切ない恋があることを知りました。
何度も何度もやって来る　会いたい夜に
胸が苦しくなって
あたしは耐えられなくなりそうです。

あなたと出逢ってから
こんなに1人になるのが怖いって知りました。
何度も何度も感じる　ひとりぼっちに
胸が苦しくなって
あたしは耐えられなくなりそうです。

コカコーラ

あなたはコーラが大スキで
ほんとにいつでもどこでもコカコーラ
逢えなくて淋しくて切なくて
胸がシュワシュワ苦しいから
あたしはコーラの味を思い出す
コーラを飲むとあたしは涙が出てくるよ。
炭酸があたしの胸にしみるから。
あなたを想い出してしまうから。
今はどこでなにしているの？

初恋

I CAN NOT SLEEP THIS

NIGHT,

BECAUSE YOUR KISS · · ·

IT'S MY FIRST KISS.

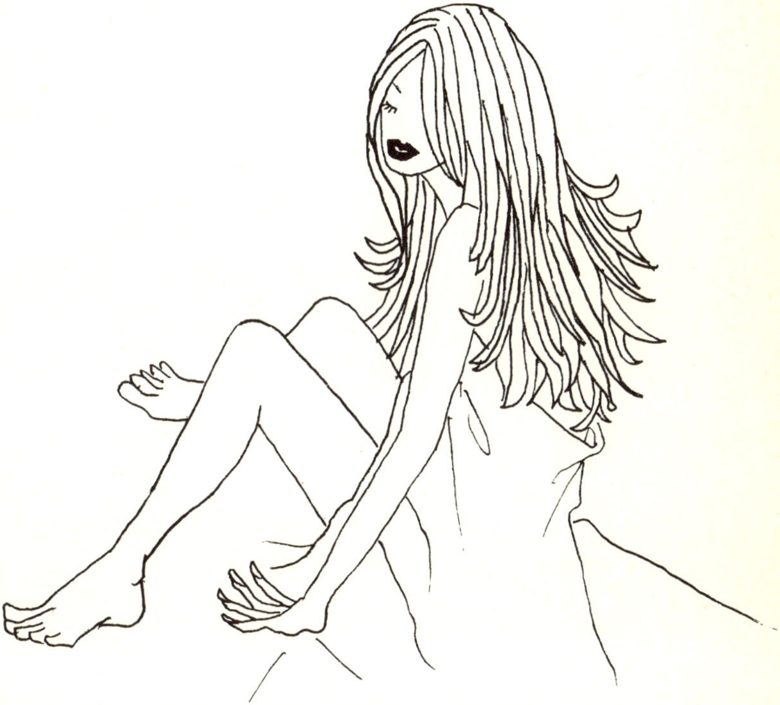

初めて失恋した、まだ幼かった日。
いろんな男の子と恋した方がいいよ。まだ若いんだし。と
お姉ちゃんが言った。

長い長い坂道を自転車押して送ってもらう。坂道を上りきって、
右に曲がれば、わたしの家があって、
上りきったところでいつも、なんてない話をして、キスをして
家に帰った。
ふり返れば、いつもまだそこにいて。
わたしが玄関に入るまでそこにいて。
大好きだった。

初めてキスをしたのは、彼のマンションの階段だった。
エレベーターホール脇の扉を開けるとそこには、非常階段があって、
夏でもひんやりしてて、よくそこに二人座って長々と話をしたんだ。
そこで寝ちゃったこともあったなぁ・・
彼の唇がわたしに触れたときはもう、
びっくりして目が開いたままだった。
人間の唇って柔らかくてあたたかいことを知った。
もう一回して。と言って、何度も何度も繰り返した。
キスって気持ちいいなぁと思った。

初めてのセックスは思ってたより、なぁんだ。って感じで、
感動しました！ってのはなかった。
男の体って変なのって思った。
彼についているそれが、別の物体って感じだった。
こんなにも大きくなるものなのか！とかも思った。
痛くて痛くて、エロ本で読むみたいな快楽なんてものは、ちっとも
わからなかったけど、大好きな人が変な動きをして、
汗をいっぱいかいて
わたしを抱きしめるのは、うれしいな。と思った。
もっともっとわたしを抱いて、汗をかいてほしいと思った。
体いっぱいで好きだって言われてるみたいで、
彼とするセックスを好きになった。

幸せだった。本当に人を好きになったと思う。
たくさん話をしたかった。抱きしめられて、キスをして触れ合って
一緒にいて、すごくうれしかった。
わたしを好きだって言ってくれて
うれしかった。
好きで好きで大好きで、ずっとずっとそばにいたいと思っていた。
そしてそれが、不安とか不満とかになって、一人勝手に疲れて
離れたいと電話越しにそう言った。次の瞬間、後悔して涙がでた。
次の日に会う約束をして、電話を切った。

　　うそだよ。好きだよ。一緒にいたいよ。
　　わたし、あんたしかいない。
　　バーカ！何言ってんだよ！とか言って
　　笑って抱きしめてよ。
　　一人にしないで。おいてかないで。おいてかないで。
　　いかないで。いい子でいるから。

一晩中願ったけど、届かないまま、白い息まじりで
最後のキスをした。いつもの坂の上で。何度ここでキスを？
ふり返ればやっぱりまだそこにいて、わたしは、
寒くて寒くて寒くて、
星も月も涙で凍りついたまま、立ちつくした。
もうこのままずっとずっと、
この淋しさや悲しみでこの胸は凍ったまま
生きていくんだと思った。

もっともっと大人になったらまた会おうね。
そしたら、もっともっと上手に一緒にいようね。

泣きながら叫んだんだ。

風が運んできたにおいを吸い込んで、ふと思い出した初恋の日々。
あの頃のお姉ちゃんよりも大人になったわたしは、その間に
たくさんのことを覚え、地元を離れ、何度でも恋をしたり、
なんとなく抱かれたり、傷つけたり、傷つけられたりしてきた。
今度こそ、今度こそ。始まりはいつもそう思うのに、
結局たどり着けずにいた。

甘い幻想を捨てきれずに、恋人のことをひどく苦しめてしまった、
あの頃の自分。
そんな自分を、それを許せなかった幼い恋を、
責めた日もあったんだ。
だけど今、初恋の彼を想い、悲しくなるなんてことはない。
懐かしさと共に、胸の奥がむずがゆいような、
ちょっぴり幸せな気分になれるんだ。
時間が経って、はかなく終わった恋を思い出す時、よみがえるのは
悲しい記憶ではなく、幸せな記憶であることに気がつく。

またきっと、恋をするんだ。
わたしは人を愛したい。そしてその人からも愛されたい。
また恋をするんだ。
また恋をするんだ。
白い息まじりに、何度も何度もつぶやいた。

しあわせに生きるために
自分の希望に　想い運んで
生きることに　上手い下手なんてない
ただ信じること　強く信じること

あなた想い胸を焦がす
気をゆるせば　涙出る
だから　ぼくは走る　今を
前見るしかない

後ろ振り返るひまがあれば
前向いて生きようね
それがぼくの、あなたの幸せ
きっとまた会おう

いつか２人
己の力で立つことできたなら
きっとその時は　笑顔で
そう　信じましょう

手をとり歩むことが正しい
ことなんてないのでしょう
時には１人で生きてく
始まりという別れ　あるのでしょう

いつも　笑ったように咲く
恋の花　育てていきたいね

まだつぼみの今のうち
君がつみとってしまったならば

花　開くことないうちに
光　見ることないうちに

さよならと　うたってた
さよならと　うたってた

偽りだらけのこの時代
言葉なんて　並べて歩いていける

ことば　彩るぼくの手も
いつか　汚されてしまう前に

今もう一度　花となり
今もう一度　花となり

愛してた日々の中
愛される日々望み

　　　　　　　　　　　　　　　　　　花咲く時

ちゅーりっぷ

ころんだ　ころんだ
何にもない道で
つまずいた　つまずいた
いたくて泣いた
どこかで　だれか見てたかな？

信じたい　信じたい
人のやさしさ
覚えてた　覚えてた
人のぬくもり
うらぎられても　スキだから

走った　走った
ひたすら　それだけ
どうしても　どうしても
手に入れたいから
いつかホントウに　かなうなら

泣いた　泣いた
全てを捨てて
笑った　笑った
あたしは　あたし　あるがまま

ハル

少し照れ笑いした春先
別れに涙した　ぼくがいた
だけどあなたと出会うために
出会いのこの季節　花が咲く

桜の花は生き急ぐように
はかなく散ってしまいました
だけど悲しむことはやめましょう
そこから小さな芽は輝く

明日も一緒にいよう
そしていつまでも手をつないでいよう
はなさないでね　一緒にいよう

時は経ち　見失うこと
あるけれど　一緒にいること
あなたが大切だから
それはあなたが大好きだから

明日も一緒にいよう
今この時も一緒にいよう
そしていつまでも手をつないでいよう
はなさないでね　一緒にいよう

ねむれなかった
淋しかった
会いたかった

とどかなかった日
消えそうな火
みつめて息はいた

あたしの音のない声は
いつもあなたにとどく
なみだが出るほど
心の声はつつ抜けでした

とどかなかった　ひ
消えそうな　ひ
つらくて夜にかくした

あなたに冷たくしたのは
少し強がり過ぎて
どう甘えていいか
わからなくなったからでした

とどかなかった　ひ
消えそうな　ひ
どうか消さないで

ねむれずに迎えた夜はとても長かった
目をつぶればこんな時間はなかっただろう
だけどねむることをできるだけ避けてた

ねえ　誰か知ってる？　こんなぼくの姿を
救ってくれるのは限りのない愛だと信じてた
そう信じていたかっただけなの

大切なものなくさないようにと強く想って
壊さないようにと優しくありたかった
なのに自分が壊れそうになってた

こんなぼくでも
あたたかく受け入れてくれる場所に
寄りかかって生きていける
せめてその時間だけは
全てから守られている気がしていた

あなたにとって
ぼくの存在はどこにあるのですか

あなたにとって
明日輝けるところにいますか

いつしか間違っていた
どこまでも続く　愛
行き止まりのある　道
見返りを求めた結果なの

それがあなたのこと
こんなにも苦しめ傷つけてるの

愛があるならきっと
取り戻せるはず　無償の愛を

全てには始まりがあるように
そこには
希望と夢に満ちたキレイな景色があるように

あなたにとって
ぼくの存在が支えでありますように

あなたにとって
ぼくの存在が確かでありますように

ここに来て
どうしたらいいか　わからなくなった

分かり合えない
こんなに切なく　はかないものなの

想っていれば
想うほど切なく　はなれてゆくものなのですか

立ち止まり
思うことは　変わらず「別れ」

幾度となく繰り返すギモン
答え出ずに泣いている

それはあなたが
あなたが好きだから
たったそれだけなんだと思います

あなたに望むことなど一つもないはず
そばにいられるだけで幸せだった

そんな想いを忘れてサヨナラ思った
もう一度ぼくのそばで笑ってよ

あなたを愛することが大好きだった
いつのまにか愛されることばかり必死になってた

マイ　スウィート　ラヴリー
　　　　セックス　フレンド

I wish I were a Lady,

means your sweet.

好きだと言ったら、これで最後にしようと
言われた。
どうやらあたしの気持ちには、
応えられないらしい。
・・・・言わなきゃ良かった。

突き上げられて、あんあん言いながら、
これが最後なのかと思うと、汗と一緒に
涙が出そうだ。
ちゃんとした恋人がいながら、(しかも
べっぴんさん。) あたしを抱く、
どうしようもないこの男に、いつのまにか
恋していたんだ。
あーあ。セフレなんて、そんな簡単にわりきれるもん
じゃないわね。
恋してどうすんだよ・・・
しかも失恋だよ・・・あほか　あたしは。

上に乗っかった。
上手に動けない自分に腹が立つ。
涙が出る。
やめて。やめて。
重たい奴って思われたくない。
　　　どんなかたちでも、
　　　どんな風に思われてもいいから、
　　　一緒にいたいよ。
　　　最後なんて、言わないでよ。
　　　愛してって言ってるわけじゃないの。
　　　あんたのすべてがほしいって
　　　言ってるわけじゃないのよ。
　　　ただただ、好きで一緒にいたいだけなの。
　　　さみしくなれば、あたしの愛を
　　　利用すればいい。
　　　そのさみしさをあたしの中に
　　　ぶちこめばいい。あたしの身体を
　　　利用すればいい。
　　　もっと、
　　　あたしをふりまわせばいいのよ。
　　　傷つけたらいいのよ。

あたしはこの男にもっと傷つけられれば
いい。
ボロボロになってしまえばいい。
何年経っても　忘れたりしないように。
ひっかきまわされればいい。
それでいいんだから。

　　　・・・ほんとに？
いいえ、愛されたいと願ってしまうのよ。
きっと。

ああっ！
いやっ　いやっ　もっとよ
まだイカないで　イカないで

　　　　行かないでよ・・・

終わった後の、たくさん汗をかいたこの男が
　　　　　　　　　　　　　　　　好き。

シャワーを浴びて、服を着た。
ごめんな。と言って、あたしのスウィート
ラヴリー　セックス　フレンドは部屋をでた。
すぐにメールが入った。

　　　ちょっと淋しいよな。
　　　でもおれ今の女と別れるとか
　　　考えられないし、おまえの気持ちには
　　　たぶん応えられないから、
　　　今までどおりってわけには
　　　いかん。ごめん。

・・・・ちょっとかいっ!!

何日か経ってから、やっぱり好きだと
メールを送ったけど返事はなかった。
暑さにやられて、抱き合った日々は全部、
夢だったんじゃないかしら。とか思った。

寝ぼけてても間違えずに、ちゃんとあたしの
名前を呼んでくれた。たった、それだけのことを
希望にして、毎日を過ごした。

恋愛のバイブルを読んだけど、
切ない曲を繰り返し聞いたけど、
意地悪される夢を見たけど、
新しく、かわいいパンティーを買ったけど、
あたしの好きな花が咲いていたけど、
毎晩、眠る前に神様に祈ったけど、

あたしだけが恋してるなら、
あたしだけが恋しいから、
奴がこの部屋に帰ってくることは、もうない。
見ないふりして過ごした、これが、真実。
　　　　　　・・・・ちくしょう
　　　　　　　　もう夏も終わるわ。

あーあ。
今日も暑いわね。
寝苦しい夜になりそうだわ。
いやーん。泣いちゃうかも。

トモダチ

恋におち
恋いこがれ
想い焦がし
恋に散った、君を前にして

こぼれおち
止まらぬ涙
ふるえる肩を
支えきれない、ぼくを許して

ただ抱きしめる
ただ抱きしめる
君の悲しみ、半分でも持てたなら

ただ抱きしめる
ただ抱きしめる
君の淋しさ、半分でも持てたなら

7月6日

愛してる人をできるだけ近くで
その人の存在を確認したいコトは、
当たり前のコトで。
ヒトは結局はすごく弱くて淋しがり屋で。
なのに個として肉体的に切り離されてしまってて
目があって、手があって、
五感にたよってしまうから
精神的目に見えないつながりだと
孤独感じてしまうから
Hが一番理想の形と言われるんだろうね。

7月8日

大人になんてなりたくない。
リィはリィのまま
子供なままでも生きてく知恵さえ身につけてれば

ちっぽけな大人になるよりも
我が道ススメ
自分を信じて

あの公園で

ちっぽけで大きな
想い出の詰まったあの公園で
暗くなるまで遊んでたかった
あの頃は夕方が長かったけど

今では
夕焼けこやけで
僕の影が伸びてくのが
早く大人になっちゃいそうで
怖いと思ったんだ

大人ってのは
何もわかっちゃくれなくて
イチから話してやるのが
めんどくさくなっちゃうから
一人で生きてく強さを
ちっちゃな手に
ぎゅっと、ぎゅっとにぎるよ。

追いつけ追い越せって
時間の流れを駆け抜けるけど
大人になりたくなくて
後ろ振り向き立ち止まる

だけど
明日ばかり追いかけていて
大切な何かを忘れてしまっちゃダメだから

流されてしまいそうになった時
立ち止まって
「あのキモチあのキモチ」ってつぶやきながら
花唄まじりになるように。

小さな魔法

今日もまた
この坂道登ってく。

大きくなったらできるからってことも
今の僕らだから
今しかできないことに変えてしまえるんだ。

まだ小さい僕らだから
うけとめる時に
ちっぽけな事を
すごく大きな事に変えることができる
そんな魔法つかえるのは
今のうちだけだから。

まだまだやってないこと
たくさん残ってる。

この広くて大きな世界の中で
小さな世界を、

自分の周りの小さな世界でできる
僕らの精一杯の悪さに
おかしな憧れ抱いているよ。

7月7日

夢美の命日。
ローリエースと、パックンチョと、
アメリカンチェリーを勝江と買いに行った。
七夕で星が美しくて、涙がでた。
命こそが、心こそが、宝物だと思う。
今ここにカオルが生きていることは、
あたりまえのことなんかじゃないんだ。
ラブに会いたくなった日だった。

7月9日

ドレッサーが来た日。
ん、も——う！超かわいいのよー。白でー。
大きい段ボールに入って届いたので、
その段ボールでしばらく遊んだ。
段ボールの中はすっごい暑かった。
汗だくになって遊んだのは久しぶりで
だいぶ楽しかった。
今日のあたしは、独り言大将。

道ばたに咲く花

先走る感情
片手に涙
人はよわいものなの

どうか今のきみの痛み
目をそらさないで

ありがちな言葉並べてつくる
きみを守るものは
必要ないの
逃げ出さずに立ち向かって下さい

同じことの繰り返しに
生きて切なくなるのは

今まで目をそらして逃げてきた
結果なのでしょう

どんなに苦しくつらくても
今から逃げなければ

明日くるかもしれない壁を
乗り越えられるでしょう

風が吹いて雨が降っても
道ばたに咲く花のように

どんな嵐がおそってきても
逃げ出さず根をはろう

時間とともにヒトは
つらい過去を抱えながら
それでも忘れ去っていき
今を生きてるものなの

忘れてはならない過去を
ふいに思い出した時に
そんな悲しいことになって生きてる
自分が許せなくて

ぼくはあの時
胸に強くちかった
目に映る大人のように　忘れはしないと

だけどこうして忘れゆく大切な何かを
取り戻そうと必死でもがきながら　夜に泣いて

それでも明日になれば笑ってるかもしれない
自分に不安を感じずにはいられない

傷は決していやされることはないだろう
それを抱えながら　前向いて笑っていたいね

そこに傷をごまかして笑ってたとしても
忘れるくらいよりはマシなはずでしょ

寒がり

Don't worry

    I'm here now,

Don't cry

    I'm here now,

              in your memory.

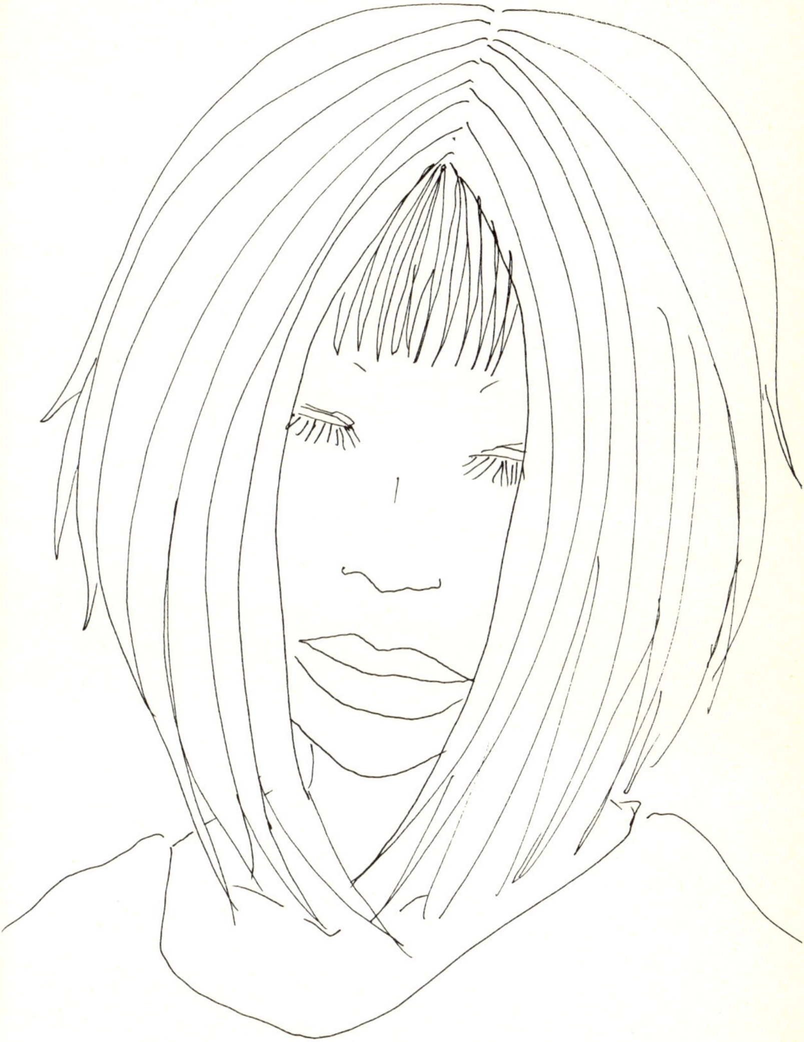

大スキ　大スキ
走ってた
大スキ　大スキ
いそいでた
きみんちまで

大スキ　大スキ
うたってた
大スキ　大スキ
泣いていた
きみのそばで

大スキ　大スキ
わらってた
大スキ　大スキ
はなしてた
ぼくの全て

大スキ　大スキ
走ってたのは　はやく
きみに会いたくて
大スキ　大スキ
いそいでたのは
じかんが気持ちに
おいつかなくて

大スキ　大スキ
うたってたのは
きみのそばで
ぼくはぼくだから

手袋ごしにつないだ手。あの子はいつも私を守ってくれた。
白い息で歌う初めての夢とキス。
あの子はいつも優しく笑ってたから
私たちは何も気づかなかったの。

輝かしい未来を迎えることなく、その胸の希望は叶うことなく
あの子は、春を待たずに、自らの体を焼いて、
眠った。

決して決して忘れることのない、悲しい出来事。
なにも受け止められないまだ幼かった私は、次の冬から
極度の寒がりになった。
溢れる涙は止まり、あの子を想い泣いた人たちの時間は動きだし、
私たちは大人になっていった。それでも冬がくる度に、
この体は寒がりなままで。

きっと寂しがりなあの子が少し持っていっちゃったんだ。
いいよ、あげる。だからどうか、どこかに生まれ変わっていて。
と、願う。
弱さゆえの罪を背負い、今度こそ幸せに生き抜いてほしい。
と、願う。
どうかもう、負けないで。逃げないで。

遺していったあの子もつらかったんだろう。
どんなにこわかったんだろう。
どんなにいたかったんだろう。
絶望の中にいたあの子の瞳に私の姿は映らなかったかな。
周りの人たちの愛情に気づいて、生きようとしてほしかった。

どれだけ悔やんでもなげいても恨んでも
あの子はずっと少年のままで。

あの子は淋しがりのくせに、私をつれてはいかなかった。
でもそれは私に、生きてってことなんでしょう？
ねぇ、そうなんでしょう。
この世界のなにもかもがめんどくさくて目を閉じたくなる時がある。
自分は独りぼっちなんじゃないかって思える夜もくる。
だけど本当は、独りなんかじゃないんだ。
必ずこの心にだれかがいて。
守りたいものがある。笑っていてほしい人がいる。

どうして生きているのか。
答えはまだなにもわからないけど、生きてる。
遺された私たちが、狂うようで狂わないのは、まだ見ぬ幸せが
あることに気が付いてるからだって思ってる。

寒がりな体、君の証と共に、私は、生きようと思う。
この手に希望を抱いて、生きていこうと思う。
君を想い、深く泣いた人たちの全てが、大切な人との時間を、
今を、生きてる。
そしていつか、君の話をするだろう。
命の尊さを話すだろう。命の儚さを話すだろう。
そのことが、君があの日生きてた証だと信じて。

あぁ、そうだ。
何年か前に、君のお母さんが子供を産んだよ。
誰もが君の生まれ変わりだと信じた。
とてもやんちゃで、元気な子だよ。
好き嫌い激しくて、すこしわがままで、でも心優しい、男の子だよ。
誰もが君の生まれ変わりだと、
笑った。

天使

あなたは全ての時間を止めて
決して叶わない希望を遺して　永久に

名前よんでも泣いても届くことない
永遠の眠り　どうか安らかに眠れますように

あなたが泣いていたあの時　もっともっと
強く抱きしめてあげればよかったと思う

何より大切なものを　あなたが今ここに
すべてとひきかえに教えてくれたの

人は生まれてきた意味を　深く、深く
考えるようになってしまった今なら

意味などないとあきらめることなどしないで
どうか生きる喜びをみつけてほしいよ

あなたに捧ぐこのうたが届くように
いつまでもあなたを忘れないよう　うたうよ

あなたが生きていたこと　この胸に
あなたが生きていたこと　この胸に

その笑顔永遠に、共にあること
祈ってた
そうそれはもうずっと、昔のこと

その笑顔永遠に、ボクを守ること
信じてた
そうそれはもうずっと、昔のこと

恋をして、切なかったですね
跳ねたままの髪も、愛しかったですね

淡い想い出、　美しく揺れる
それはもう、甘くはなくとも
あたたかいもの

君がいた、日々は

ボクを彩る、全ての愛しき過去

冷めた目で泣いていた
あの夜　ぼくは一人ぼっちだった

2人で見上げたお月様が
全て許してくれた

全てに見放されていても
ぼくは　今ここに生きている

きみがぼくを必要として
くれたから　ここに生きていよう

自分のしてきたこと全て
消したくなったとしても今　君がそばに

ぼくが孤独におびえる夜
きっと君がそばに

今も消えることない傷跡に
胸が切なく苦しいから

ぼくが存在してることを
どうか君の胸に刻んでいて

虹

泣いたように笑った
君のその胸の痛み
強い人だと思った
守りたいと思った

どんな人でもきっと
それぞれの悩み抱き
つぶれそうな小さな胸
握りしめているのでしょう

だけど　切なくはない
明日に夢あるのなら

そんな君の背中を
おしてあげれたらいいな

どこに向かって泣いたら
いいのかもわからず
だけど　立ち止まることが
許されないときもある

そんな時に　君のそば
この愛が届いてる

ぼくらのできること

この愛を届けること

ぼくらしくあることを
忘れかけてしまってた

そんな君に今告げよう
居るべき場所をさがせ

どんな雨にうたれても
どんな風が吹いても

自分らしさ思い出すばしょ
それがぼくの、きみの場所

最後に笑ったのは
いつだっただろうか

そんな時に思い出す
あなたがいたことを

どんなときも笑って
過ごせたら幸せ

どんなときも笑っていよう
それが君を救う

どんなときも笑って
ぼくらしくあることを

どんなときも笑って
ぼくらしくあることを

愛・感謝

愛情ありがとう
美しく輝く言葉

この世に生まれし
誰もがうけたやさしさ

形にできないものだからこそ
心をこめて　今　おくります

きっとその愛が届きますように
そして人々を救いますように

はるか彼方　空の上の
広き宇宙の果てで
ぼくらを見守る　力強く
人と人つなぐ

そこにある鍵穴みつけ
心閉ざした人に
光与えてあげましょう
心の中に

きっとその愛が届きますように
そして人々を救いますように

流れ星

会えなくなって
もうどれくらいたった

一番星に誓った約束を信じて
だけどやっぱりちょっと淋しいよ

きのうの夜は
寝言であなたの名前を呼び続けていました
返事がなくて
泣いていました

くじけてしまいそうだから
遠くはなれていても
同じ空をみつめていようね

淋しい夜には流れ星をさがして

流れ星　そのキセキを信じて
流れ星　そのキセキを信じさせて

一人部屋ですごす時　覚えた
切ない時間　あなたのそばにいたい

だけど　一人うたうこの場所からは
きっとぼくは帰ることない想い出の

中に埋めた一つの恋心
閉ざしたまま　忘れられない傷を

かかえながら　うたいつづけてくんだろう
それは決して悲しいことじゃないの

きっと恋をしてきた人たちならば
一つ、一つ、心にささる記憶が

みんな、しあわせになりたいだけなんだろう
全ての人に与えられてる恋心

うわの空で聞いた愛のことばを

泣きながらうまくしゃべれずに語ったことば

きずつくことおそれて何もできずに
溢れるキモチ　おさえられずに悩んで

恋をすると人はその姿を変えて

恋をすると人はその身を焦がして

春

Sunday,

I look for your smile.

Monday,

I think what you are doing.

Tuesday,

I drink your favorite coffee.

Wednesday,

I see your lonely.

Thursday,

I want to kiss you.

Friday,

I hold you.

Saturday,

I wait for you, in the rain.

いくつかの壁を乗り越えて、僕たちは一緒に
いるようになった。僕たちはその日、これから
二人で過ごすために、部屋を借りた。
まだ、なんにもない部屋に響く君の歌う声。
　　　　　ねえ、もしも、あたしが鍵を失くして
　　　　　しまっても、あなたがいるなら
　　　　　大丈夫なのね。
　　　　　もしも、あなたが鍵を失くして
　　　　　しまっても、あたしがいるから
　　　　　大丈夫なのよ。

君は、でたらめに歌詞をつけるのが大好きで、
僕はその、でたらめな歌詞こそ大好きだった。
夜になると、まだ少し肌寒かった。人一倍、
寒がりな君と一緒に風呂に入った。
まだカーテンのない部屋で、抱き合ってから
眠った。

朝、君が起きるのを待たずに、カフェオーレを
飲んだ。

君は、目覚めて僕を見つけると、笑った。
それからタバコに火をつけて、僕のカフェオーレを
飲んだ。

今日は休みだから、家具などを買ってくる。と言って
君は僕に口づけた。
君が、どんな店で、どんなものを買って、
僕たちの部屋がどんな風になるのか、その日一日中、
帰るのが楽しみで仕方なかった。

カーテンは白だった。ワンポイントで黒い文字。
"nobady　stay　without　love"
君が描いたのだと言った。僕は君の感性がとても
好きだった。君らしいと思うと嬉しくなった。
君は、買ってきたものに少しだけ手を加えて、
世界に1つだけのものを作るのが得意だった。
世界に1つだけの、僕たちの部屋の
白いカーテン。

一緒に料理をした。君はやっぱり下手くそで
おかしかった。
手をつないで歩いた。触れた手はいつだって
冷たくて、僕には心地よかった。
二人で酒を浴びるほど飲んで、フラフラに
なりながら、星空を見上げた。
誕生日を祝い合った。
出逢う運命だったのよ。と君は言った。
僕もそう思っていた。
何度も何度も触れ合って、感じ合った。
君の髪をなでながら眠った。
愛されてる、愛してる。
もし君が、何かにつまずいて傷つくことが
あればその時には、君が泣き止むまで僕が、
抱きしめていようと思った。君のその心を
守り抜こうと思った。
君の笑顔が、何より愛しかった。

よくある、そこら辺に溢れている、恋のはなしだ。
終わらない恋のような気がしていた。
君となら、
どんな壁も乗り越えていこうと思ってたんだ。

三回目の春を迎える少し前に、僕たちは離れた。
出逢った頃の君は、自分のやるべきことを
見つけていて、それを楽しんで、キラキラ輝いていた。
そんな君が好きだった。
君に似合うよう、僕もがんばろうと思った。
なのに君は、自分の夢より何より、僕との日々を
大切にするようになっていて、あの頃の君じゃなくなった。
君には誰よりも輝いてほしいのに。
誰もがそう思ってるのに。
君は、君の輝きを失っていた。
それは、僕の愛し方が下手だからなのかと、
僕は自分がいやになった。
つらかった。重たかった。しんどかった。
僕はもう、君から解放されたかった。
　　　　僕は、君がいるだけで嬉しかった。
　　　　寒がりな君を抱いて眠るのが幸せだった。
　　　　ずっと、永遠に、一緒にいたいと思っていた。
なのに、永遠はついに終わりらしくて
きみがいつか歌った愛の歌は魔法を失って、
僕はもう、君の声すら思い出すことはない。
いつかどこかで逢った時には、自分の輝きを
取り戻してるから、またあたしを見つけてね。
最後に君は言ったけど、
いつかなんて日は、カレンダーにないし、
どこかなんて所は、地図にないから、
いつかなんて永遠にこないし、
どこかなんて探し当てることはできない。
僕が君を、見つけることはもう二度とないだろう。

それでも君は、君の好きな春がくる度に、
僕のことを思い出すのだろうか。

君は、幸せだったと、笑うだろうか。

ねぇ　ダーリン。
あの幸せな日の朝、
目覚めなければよかったのに。
あなたが描く、幸せな未来に
あたしが存在していたあの朝、
世界が滅びていたら…
だけど、目覚めたから、
世界が滅びなかったから、
あんなにもたくさんのキスができたのね。

ねぇ　ダーリン。
欲張りになってあたしは、
恋してるってだけで、幸せなんて、
思えなくなってた。

何度も何度も、呼びかける。

ねぇ　ダーリン。ダーリン。
あたしの名前を呼んで。
髪をなでて、ダーリン。

目を閉じて、まぶたの裏のあなたの
残像にそう言う。
そしてあなたの残像は、
あたしの髪をなでる。そのまま、
眠りについて、あたしは
目覚めなくてもいいのに。
「明けない夜はない」なんて。
もう少し、ここにいたいだけなの。

ねぇ　ダーリン。
愛しいあなたを苦しめてごめんね。
寄りかかって、求めすぎて、
そんなのきっと、愛じゃないのね。

ねぇ　ダーリン。
あたしにとって昔の二人がこんなにも
美しく見えたりするのは、いつか、
二人で見た星たちのように、もう
手に届かない光だからかもしれない。

ねぇ　ダーリン。
あたしたちの日々も、
愛しい光となればいいね。
未来のあなたのそばにいるのが、
あたしだったらとっても素敵だったけど…

あぁ、もうこんな季節だわ。
あなたへの鍵をしまって。
そろそろ目覚めなくっちゃね、ダーリン。
ダーリン。
元気でいてね、ダーリン。
　　　…あたしの愛しい人。

目を開いたら、愛しい残像は
もう見えなくなって、
もう一回だけ泣いた。
ずるずる引きずりまわしたせいで、
傷ついてボロボロになったハートを
胸にしまって。

そう、まだまだ若くて。
二人とも若くて。
いいのよ。大丈夫。もう、
涙は出ないみたい。
誰かと出逢うのね？
その人を愛するのね？

あたたかい
　想いを抱いて。

ねぇ　ダーリン。
なんの見返りがなくても、
あなたを想える日があった。
あたたかい想いを抱いて、
甘い甘い恋をして、
あたしはとても、
幸せだったわ　ダーリン。

〜春〜

甘い　キス
生きるちから
もっとして

愛の火揺れて、ねぇこんなにも
うつくしいものよ
出会い、共に生きたその、
奇跡信じて

愛の火揺れて、ねぇこんなにも
いとしいものよ

甘い　キス
生きるちから
もっとして　もっとしてよ

ダーリン

とおく、とおく離れたふたり
最後の最後まで、その手を離せなかった

あなたが選んだその道が
輝くものであることを、

わたしが信じたこの夢が
間違ったわけではないことを、

ここで、
誰よりも、誰よりも
強く、深く、
祈ってる

光得るために今

忘れ得ぬ、君への愛しき想いに
代償を

穏やかな、愛に揺られて眠った日々に
さよならを

とおく、とおく離れたふたり
どうか、幸せになれますように

全てを捨てても
守りたい恋だった

heart & body

こころとからだ
うそはつけない
あなたが好きだよ

   愛し愛した
   はなれることなく
   あなたが好きだよ

      泣いてねむった
      あなたのそばで
      あなたが好きだよ

         願い願った
         強く信じていた
         あなたが好きだよ

            信じ信じた
            もうひとりじゃない
            あなたが好きだよ

               想い想った
               忘れることなく
               あなたが好きだよ

                  はなればなれに
                  だれが望んだ
                  あなたが好きだよ

ひとりぼっちで生きてることなんて
はじめからわかってたの

だけどコドクがさびしいから
だれかの愛につつまれていたかったんだよ

悲しみとともに生きていくことが
あの頃のぼくには大きすぎたの

星が輝く夜もあれば
くもった暗がりの夜もある。

あなたと2人楽しい夜もあれば
ひとりきりさびしい夜もある。

そしたら一日中太陽の昇る国へ行こう
それがぼくの道開くきっかけかもしれない。

なんだっていいんだと思う。

ぼくらしくいることが、
一番ムズカシクて
ぼくらしくあることが、
一番かんたんなことなんだと思う。

泣きたい夜

泣きたい夜
あなたがそばにいてくれたなら

泣けない夜
あなたがそばにいてくれたなら

どうしようもなく
自分の無力さに力尽きた時
あなたなら誰にそう望みますか?

忙しさごまかしきかず
心壊れてしまいそうな時には
あなたなら誰にそばにいてほしいですか?

泣きたい夜
ぼくは今日もひとりぼっちだけど

泣けない夜
あなたがそばにいてくれたなら

泣きたい夜
ひとりとふたりはちがうんだね

泣けない夜
ひとりとふたりはちがうんだね

前だけを見て走ってきた
自分だけを信じてた

後ろ振り返れば　もう二度と
歩けない気がしてた

あなたと2人　歩いた道
道端の花に笑う

今はもう　そばにはいない
壊れた時計のように

大好きだよと　あなたの方を
向いて歩み寄った日

わかってないと　背中を向けて
そっぽ向いて泣いた日

時計のネジを　回しすぎて
壊れてしまったかな

ありがとう
今までありがとう

ぼくはまた歩きはじめる

FULL MOON NIGNT

2人でベランダに出て、ひたすら祈った。強く祈った。
Ainy、でありつづけること。
愛する人の平和。そしてラブい未来をカオルは祈った。
祈るだけではなにも変わらない。信じる強い心で
動くんだ。
前を見て、その先に幸せなラブい日を見て、
そのために、生きてく。
強く強く、祈る。
その想いを勇気に変えて、情熱に変えて、
わたしは強く笑う人になりたい。
もう逃げない。

愛する人の平和を祈るよ。
共にあることを望むよ。

昨日、今日、心から思った。
人間、誰でもくじけることがあったりで、
たとえば大切な人がそこに立つ時、ボクが強かったなら。
少し、少しは、救えるよね。
しんどくてもがんばり続けたボクの姿が、
誰かをはげましていたように。

強くありたい。　愛ゆえに。

someday

最後の日。
泣きそうになってた。
色んなこと、思い出した。
初めての日のこと。
いっぱい泣いたこと。
笑ったこと。
ケンカしたこと。
もめたこと。
ミルクTをかってくれたこと。
うれしかったこと。
がんばったこと。
海に行ったこと。
たおれたこと。
全部、全部、今では　思い出になる。

まだ実感がない。
みんながいた場所。
リィはこれからの時間　必死で生きようと思う。

一番感じたのは　時間の大切さ。

今の自分に不安を感じて泣きそうになる。
だけど、だけど、まちがってなかったと思う。

これからも、これからも、きっとまちがってなんてない。
帰ってきたのが、カオルちゃんと共有するアトリエで
よかったと思う。

リィには　やりたいことが、まだまだたくさんある。
がんばらなくちゃ。
がんばらなくちゃ。

できるだけ　忙しく
することで強がってても構わない

手に入れたもの全て
泣いて取り戻せるならそうするよ

願っても叶わない
夢などないと　誰か言ってよ

わけもなく涙流れる

いつか今をふり返り
生きてこれたこと　強さに変えて

心亡くして　生きる
切ないね

人知れず泣くことあったとしても

永遠に恋した日のままで

ボクのSTAR

If it rains again,

    I can be your searchlight.

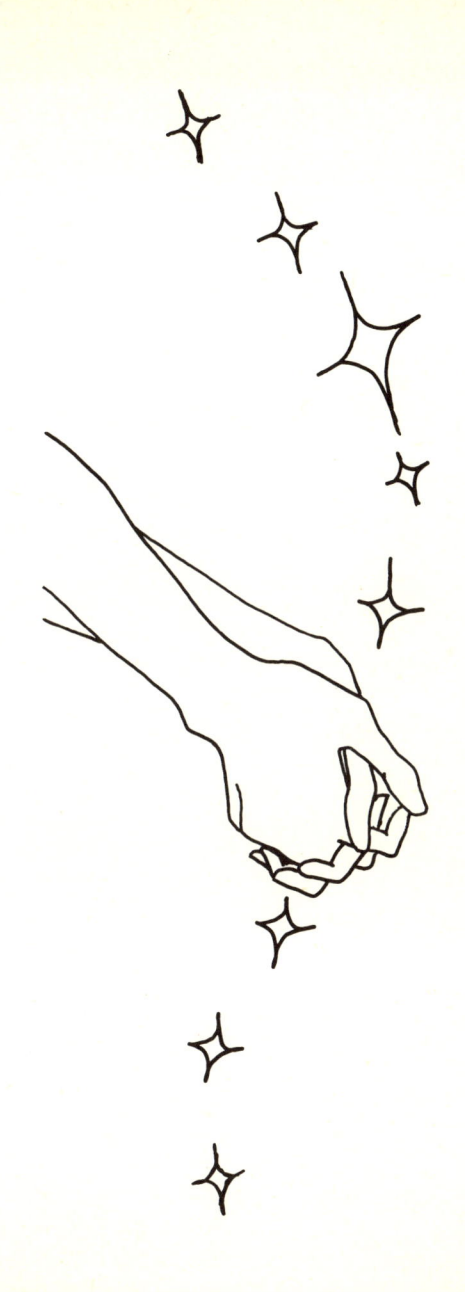

希望を胸に走ったあの頃。欲しいものはなんだっただろう。
光り輝く最愛の日々の中で強く笑って、リンと咲いた、
ボクの心を、走る姿を、愛してくれるひともいて…。

理想にあふれ、それでも満たされはしない。
　　　――どこまで行けばいいんだろう。
そんなこと考えながらも、精一杯に肩肘はって走り続けた。
それはボクの誇りでもあったのに。
「少しつかれたよ」と言って、立ち止まった。
心地いい場所に甘えて、ここでいいの。と自分に言い聞かせて
しゃがみこんだ。

そして愚かにも、
ボクは走り出せなかった。
走り出せば、愛しい日々を、心地いい場所を、失うような気がして、
こわかったんだ。
ホントに、ここでいいの？と、
苛立ちながら、大切な人さえ苦しめながら、全ての期待を裏切って。
ずっと進んできた道を、
外れた。

信じてないのは、ボクの方だったんだ。

そんなボクの弱さは、いくつかの別れを用意して、見渡せば
そこには何も残っていなかった。
ボクをあんなにも、
あたたかく見守った大切なあの、ぬくもりさえも。

過ぎ去った日々の中で、失った光のカケラ、
必死でかきあつめようともがいて、それでも下ばかり見て
背中丸めて、ただ、生きてるだけ。
時間は流れていくばかりで…

だけど、
走るボクの姿は美しかっただろう。
いくつかの、笑顔を遺しただろう。そのことに気づいてやっと今、
ボクは、再び走り出そうと思う。
どこに向かうのかは、まだよくわからないけど
たどりついたその場所で、
逃げ出した弱さも、悲しすぎた別れも、真っ暗だった日々も
全て、愛しい通り道だったって、笑えることを信じて
走ろう。

小さくてもいい。もう一度、光放つの。

何にも負けない夢があった。

無責任に描いた、かつて愛したその夢は、形を変えて、
ボクの胸に宿り、いつか、あの子のところへ届くだろう。
その時に笑ってくれればそのことが、
ボクの勇気となるだろう。
生きる、力となるだろう。

だから、もしも迷う日がきても、
君がボクを忘れたとしても、
もう消えないで。

小さくてもいい。
小さくてもいい。
光放つの。
ボクの光、愛のすべて。

どうか笑って。

〜ぼくのSTAR〜

あなたが幸せにあることを
誰よりも強く望み

守ろうとして　こわしたもの
全て切ないね

大切だから
抱きしめたいから
できるだけぼくの近くに

ぼくの目の届かない場所にはいかないで

誰よりも大事に想うあなたが
一番遠かった

ただあなたを　大切に思った
全て切ないね

幸せにしたいと強く思った
できるならぼくの手で

幸せになってほしいと
君は選んだ　幸せ

愛する人がいて　守るべきものがある
何かをギセイにして　手にいれたものもある

時間はとりもどせない　止めることもできない
悩んだ時にこそ　愛することを知る

ぼくの声が聞こえている？
かき消されてしまうその前に

ぼくはここに
今ここに

見つけてもらえずに叫んで

ぼくはここに
今ここに

あなたのそばで誰かが泣いてる

永遠に信じることを
　　おそれた人は言いました

　『愛なんて目に見えない
　だから　信じることなんてできないよ』

　　いつも　孤独を感じて　逃げて
　　サヨナラを言い続けました
　　　遠くとおく　離れていき
　　まわりの愛情　届きませんでした

こんな悲しい話は誰もが知っているでしょう

　　　　誰だって一度は
　　コドクだと泣いたことあるでしょう

　　　　幸せになりたいと
　　願い生きているなら見せましょう

　　　　形無き愛の形は
　　ほら　そこに見えかくれしているの

　　　『信じたら見えました』
　　　　その言葉が　答え

　　　　探して苦しまないで
　　　　　ほら　そこに

　　　『信じたら見えました』

ぼくががんばれるように
君がかけてくれたおまじないは
なんだか　すごく信じれて
信じることで　ぼくは
救われたんだと　思います。

手にかいた十文字が
今でも消えずに
ぼくを支えていてくれます。

どんなに　ぼくがつまずいても
この右手　握りしめると
がんばれるよ

ぼくの心の中には
いつも　君がいてくれて

ぼくの手の平には
いつも　君の手のぬくもりがあります。

きみにそそぐ愛情全て
行き場所なくしたけど

空を見上げ星に願う
届きますように

きみがもしも立ち止まり
もがき苦しんでるなら

どうか空の星見上げ
前見れますように祈ってる

はなればなれ
だけどきみは一人じゃない
ぼくがいる

今も　ずっと明日も
永遠にぼくは信じてる

雨が降る日　きみの涙
ぼくはどこにいても

受け止めてる　わかってあげる
空の星から届いたの

空を見上げ星に願う
届きますように

忘れないで
　あなたの色を
大切にして
　あなたの花を

　　愛する花を

遺書

頭がわれそう。
気分が悪い。

頭、痛すぎてさっき吐いてしまった。

すっごいすっごい、痛いので念のため
ペンをとりました。(びびり)

お花は、あじさいにしてね。
タバコ、忘れず持たせてね。

あいして、あいされて、
とてもしあわせでした。

さよならのキッスをして下さい。
全員、よろしくね！

。。。美人薄命ってゆうしなっ！
すいません。うそです。ごめんなさい。

ずっとずっと、愛してるから、

たまには思い出して、どうか、
どうか笑ってあたしの話をしてね。

今までホント、ありがとう。
それじゃ〜、また、逢える日まで。

　　　　　　　愛をこめて。

２０時間くらい眠って、目が覚めた・・・
もう頭は痛くなかった。

今まで、
人を傷つけたりした。
何をしたらいいのかわからなかった。
信じてた絆はあっさり崩れてなくなった。
運命を感じてた恋人にふられた。
どこへ向かうのか不安だった。
小さく裏切られて傷ついた。
自分は醜いと思った。
いつもどこかさみしかった。
期待に応えられないと怯えていた。
ひとりぼっちだと言ったりした。
だれにも愛されてないような気がした。
大切だった夢を見失ってしまった。
愛なんてないのかもと疑った。
自分はいらないように感じた。
本当に死ぬんだと思った。
生きてた。　　　あはっ

さて、まだまだ生きていかなきゃダメなようね。

いくつもの出会いと別れに、泣くだけ泣いて、
気付いた。

心の中は　本当は　愛でいっぱい。
忘れないわ。

そして、ボクは語りはじめる。

2月17日

昨日、夢で、見たことない男の子が出て来た。
タイプじゃないけど　男前。
スーツ着てて、青年実業家ってカンジの人。
次の恋する人は　コノ人か？とか思っちゃたよー！
あははっ！
面倒見がイイカンジの人だった。
声はあんまりスキなカンジじゃなかった。
わらってた。だれだよ。

マイ　ネイム　イズ

Hey my sweet, call my name please!!

Let's spend love life with me!!

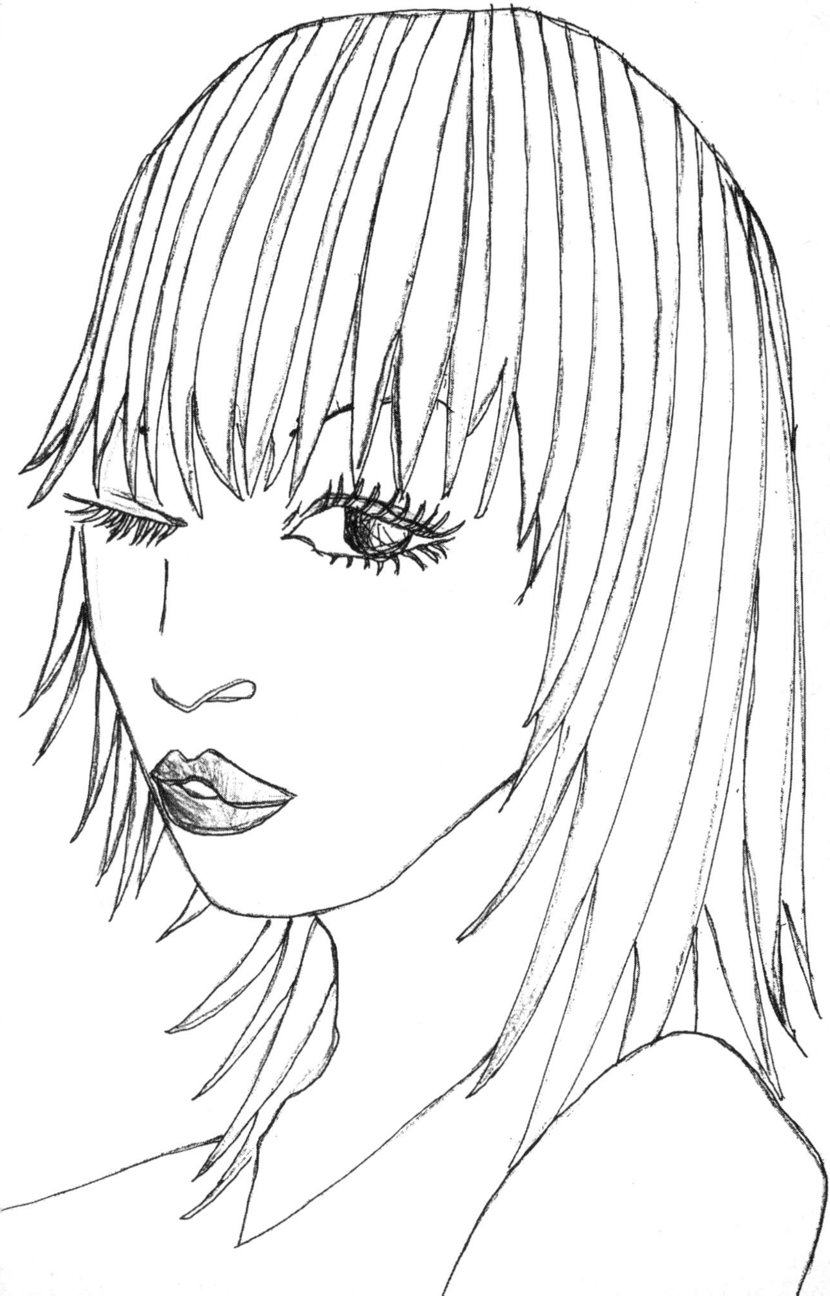

うぅ、ひどいぜ　パピー。
どうせならもう、パンジーとかにすりゃあ
いいものを、なぜにこんな甘ったるい名前を
あたしにつけたのさ。
つーか、マミー。
こんな名前、賛成するんだったら、もっと
かわいらしく育てておくれよ。
無理だっつーの。なんかしらんがひねくれるって。
名前コンプレックスだっつーのっ！

うぅ、今日はコンパなんだよ。コ・ン・パ‼
コンパといえばだなー、恋人のいない男子と
女子がだなー、こう、出会い、共にお酒など
飲んで語らい、カラオケボックスなんぞ行って、
盛り上がり、あわよくば恋しちゃおーぜぃっ！
みたいなあれだよ、あれー。コンパー。
名を名乗るんだよっっ

はっ？　あたし？　そりゃーもうっ！
女の子力満開、それはそれはプリチーな主人公よ〜。
・・・とか言いたいけどね？言いたいのよ？
でも残念。あたしはだめよ。どっちかっつーと
大五郎とかの方がお似合いよ　あっはっはっ！
がさつだし、でかいし。
これだけでかくて女らしい肉がちーっとも
ついてないくせに、いや〜ん。だの、ばか〜ん。
だの言えないっつーの‼
スカートなんぞはいた日にゃ、女装なんだよっ！
ちなみにハードロックバカだっ！
しょうがないだろうが！
生まれてきちゃったんだよっっ‼

でもでも、ほんとはあたしだって、甘えたり。
うっふんあっはん言いたいのよ。
ラブい日々にあこがれるのよ。うん。
で、勇気をだして、コンパ初参加ってわけよ。
おわかり？
はっ？　Gパンにスニーカー NG？
だって‼
スカート持ってないんだもん！
ヒール履いたらでかいの目立つんだもん！
だめ？　コンパだめ？　アウト？？
でかっ！　とか言われて、相手にされなくて、
盛り上げ役になっちゃう？
うぅ～・・・
でもでも、こんなあたしだって、あたしだって、
出逢いたいんだもん。
恋がしたいの。恋がしたいの。恋がしたいの。
神様っ‼
あたしに甘い甘い恋をちょうだい！　プリーズ‼

ああ。は〜〜ぁ。
いやぁ、実にすばらしいコンパだったわ〜ん。
VIVA！合同コンパ!!ってかー。あはは〜・・

オッシャレーな居酒屋で飲んだ後、非常に
盛り上がったあたしたち男女は、そのまま
カラオケボックスへ　GO！GO！
そーしーて!!
そこで、あたしのとなりに座ったスウィートは
あたしに耳打ちしてきた。
きゃあっ！なんてステキなお顔なのっ!?
「なぁー、すみおはさぁ、どいつねらいなわけ？」
うおぅっ！　イッツ　ユウ!!　とか思ったのは
つかのま、スウィートは一言。
「おれ、あのロンゲの子。まだ秘密なっ！
　男同士の約束なっ!!」
・・・・一緒にネタで、"宇宙戦艦ヤマト"を
歌いました。女子終了・・・チーーン。

スウィートはその後もあたしにかまうはかまうが、
あまりにもすみお、すみお、連発しすぎ。
むかつきがピークに達したので、あたしは
スウィートのくちびるを3秒ほど奪って、
そのまま、カラオケボックスを後にした。

ん〜、我ながら男前!!
うぅ、泣ける・・・

女なのよ、女の子なのよ。
ホントはお花だって好きなのよ。
大スキなんだよっっ　ばかやろう!!
あ・た・し・はっ！女だあぁぁぁっっ!!!
神様のバカー　　バカー　　うぅ・・・

はぁ〜い、みなさぁ〜ん！
すみれの花をご存じ？？　そうそう、あの、
紫色でちっちゃなお花よ。愛らしくって、
いい香りのする、けなげなお花よ。うふふ。

「すみれ」
ディス　イズ　マイ　ネイム。
ねぇ、神様。王子はどこ？？

著者プロフィール

Ainy、（アイニー）

植松 茉里（うえまつ まり、1982〜）
真木 薫（まき かおる、1979〜）

NO DARLIN NO LIFE

2003年7月15日　初版第1刷発行

著　者　Ainy、
発行者　瓜谷 綱延
発行所　株式会社文芸社
　　　　〒160-0022　東京都新宿区新宿1－10－1
　　　　　　　　電話　03-5369-3060（編集）
　　　　　　　　　　　03-5369-2299（販売）
　　　　　　　　振替　00190-8-728265

印刷所　株式会社平河工業社

© Ainy、2003 Printed in Japan
乱丁・落丁本はお取り替えいたします。
ISBN4-8355-5903-7 C0092